Seis "Tall Tales" Frontera México/USA

Por

Alexis Osorio-Carrillo

Compre este libro en línea visitando www.trafford.com
o por correo electrónico escribiendo a orders@trafford.com

La gran mayoría de los títulos de Trafford Publishing también
están disponibles en las principales tiendas de libros en línea.

Aviso a Bibliotecarios: La catalogación bibliográfica de este libro se encuentra en la
base de datos de la Biblioteca y Archivos del Canadá. Estos datos se pueden obtener
a través de la siguiente página web: www.collectionscanada.ca/amicus/index-e.html

Impreso en Victoria, BC, Canadá.

ISBN: 978-1-4251-8694-4 (soft)
ISBN: 978-1-4269-0221-5 (hard)
ISBN: 978-1-4269-1281-8 (ebook)

*En Trafford Publishing creemos en la responsabilidad que todos, tanto individuos
como empresas, tenemos al tomar decisiones cabales cuando estas tienen impactos
sociales y ecológicos. Usted, en su posición de lector y autor, apoya estas iniciativas de
responsabilidad social y ecológica cada vez que compra un libro impreso por Trafford
Publishing o cada vez que publica mediante nuestros servicios de publicación. Para
conocer más acerca de cómo usted contribuye a estas iniciativas, por favor visite:
http://www.trafford.com/publicacionresponsable.html*

*Nuestra misión es ofrecer eficientemente el mejor y más exhaustivo servicio de
publicación de libros en el mundo, facilitando el éxito de cada autor. Para
conocer más acerca de cómo publicar su libro a su manera y hacerlo disponible
alrededor del mundo, visítenos en la dirección www.trafford.com*

Trafford rev. 7/8/2009

 www.trafford.com

Para Norteamérica y el mundo entero
llamadas sin cargo: 1 888 232 4444 (USA & Canadá)
teléfono: 250 383 6864 ♦ fax: 250 383 6804 ♦ correo electrónico: info@trafford.com

Diseño de la portada:

Remedios La Bella

Por Alexis Osorio-Carrillo

Para mis maestros y mis estudiantes, naturalmente…

En estos cuentos todo es ficción, excepto la realidad

PRÓLOGO

Esta colección de cuentos que presentamos en forma de libro es un homenaje a todos los relatos de literatura fronteriza especialmente la escrita por mujeres.

Para quienes hemos seguido el decurso de la literatura fronteriza es una celebración encontrar textos de gran calidad escritos por una gran gama de mujeres de las llamadas escritoras de la frontera que hablan de un quehacer sostenido que se afianza cada vez más con mejores producciones.

Y si bien es cierto que durante todo el siglo XX siempre hubo voces literarias a lo largo de la frontera y sobre la frontera, e iniciando este nuevo siglo, las voces se han multiplicado escuchándose cada vez más nítidas e imperiosas. Cito como ejemplos a Rosina Conde, Rosario San Miguel, y María Amparo Escandón.

Referirse a escritores y escritoras como escritores fronterizos es hasta cierto punto riesgoso porque es como poner fronteras a un quehacer universal, es delimitar lo que por su propia naturaleza es ilimitado en cuanto es expresión de la imaginación humana.

Pese a ello el espacio donde se nace, el de las experiencias más tempranas es una impronta que nos acompaña durante toda nuestra existencia como un tatuaje mágico e indeleble, de ahí que la forma de ver el mundo, consciente o inconscientemente estará siempre matizado por nuestro lugar de origen. Tomando en cuenta esto nos preguntamos, ¿De qué escriben los llamados escritores fronterizos?, ¿qué les preocupa?, ¿De qué manera expresan sus inquietudes?, es indudable que la mirada del escritor es reveladora. Como verán los textos expuestos en este libro son expresiones de la puesta en perspectiva del narrador sobre su entorno.

"El efecto verde" es un relato en que se presenta la confrontación de dos culturas, de dos modos diferentes de entender el mundo y de coexistir con él. Toda la acción se desarrolla en el microcosmos de la maquiladora, mostrando la vida de las mujeres que laboran en estas plantas norteamericanas en el suelo mexicano desde 1961 cuando la creación del BIP, (Border Industrialization Program) programa que fue creado para dar empleo a los hombres que no tenían trabajo, pero el resultado fue otro al marchar miles y miles de mujeres desde la provincia a laborar en estás fábricas norteamericanas convirtiéndose, la mujer en un objeto para explotar por género, etnia y clase, enfrentándose con los problemas del diario vivir en condiciones muchas veces infrahumanas con los problemas de vivienda, de limpieza y de salud por mencionar algunos. Aquí vemos el primer mundo representado por el norteamericano, el ser superior, el jefe, el representante de los Estados Unidos, la nación más poderosa del universo, el otro, el que representa la trabajadora de maquila, quien a pesar de ser la representante de la cultura del país tercermundista es un ser mágico y enigmático. El encuentro de estos dos mundos crean un efecto caótico por que tiene la fuerza descomunal de un vendaval de verano: el amor.

En "Mufetta" encontramos a otro ejemplo de mujer en la frontera. Se desarrolla en un espacio doble, el lado "de acá" y el lado "de allá", el doble espacio fronterizo con doble oportunidad para todo en todo aspecto. Cultural, social, económico y personal. Es una historia relatada en una forma sencilla en donde se cuentan las peripecias de una elegante damita de sociedad desde su infancia. El narrador no toma partido, no evalúa, deja que sea el lector el que juzgue y sancione el destino del personaje.

No podían faltar en esta breve colección los mini relatos, textos muy a tono con la sensibilidad neobarroca, donde vemos el fenómeno de la contracultura donde la figura del *otro,* subalterno, marginado, y relegado se configura cada día con más fuerza en las creaciones narrativas de los últimos tiempos. "En la corte con los ilegales", es una narración por demás corta que responde a algunas de las preguntas que muchos se hacen cuando atrapan a los indocumentados al cruzar la frontera. Es esta un narración breve, cargada de humor y en un tono irónico. En "Aztlán y los otros", vemos que muchas veces por diferentes motivos y circunstancias se ve hacía el norte como la panacea de todos los males, y el encontrar la prolongación de la vida no es la excepción. Negándose a cerrar el ciclo del final de la existencia como el resto de sus coterráneos algunas personas marchan al país del norte en busca de la prolongación de la vida con mejores medicamentos, mejores tratamientos, pero al final se preguntan si valió la pena el esfuerzo cuando ya todo carece de sentido, cuando ya es más el sufrimiento que la satisfacción del diario vivir, y llegan al final llenos de incredulidad por el olvido e indiferencia de todos sus seres queridos.

"Guadalupe Guerrero" es la historia de un personaje de belleza indescriptible que viaja a cruzar la frontera desde la provincia en busca del tan codiciado sueño americano. Tras varios intentos fallidos por cruzar al lado americano, por fin encuentra su lugar en donde menos se esperaba. La minuciosa descripción de los espacios, de las calles, de los entornos del centro de la ciudad nos trae a la memoria la vida de cualquier lugar situado al sur en el cruce de la frontera, en donde pululan los antros de vicio y prostitución para recreación de los norteamericanos que han encontrado en las ciudades fronterizas su *playground*, ahí donde todo va, que al contrario de su país aquí nada es prohibido.

"Miércoles de ceniza", es una narrativa en la que parte de la problemática que expone podía desarrollarse en cualquier lugar del mundo. En ella se trata de los prejuicios e intolerancias evidenciándolas en forma sutil, en donde las cosas no son lo que parecen ser, en donde el destino reúne a los personajes de diferentes culturas e idiosincrasias en un punto de la franja fronteriza. Aquí nos encontramos con otro elemento que forma parte de cualquier frontera, el pollero o coyote, industria que nació cuando se aprobó el llamado *Immigration Act* de 1917, cuando Estados Unidos decidió cobrar ocho dólares por persona y hacer una prueba de escritura y lectura a todos los aspirantes a cruzar al lado norteamericano. La industria del cruce de ilegales hoy en día es una industria multimillonaria en dólares y más aun cuando está combinada con el cruce de drogas. Los personajes de "Miércoles de ceniza" se relacionan entre sí por sus respectivos intereses llevando al lector en una danza lenta a ese final que ya se podía entrever, pero que no deja de ser sorpresivo.

En la lectura de estos textos se podrá constatar y apreciar el contraste temático que configura la literatura fronteriza mostrando un sinfín de posibilidades creativas, y al enfocarnos en las diferentes narrativas veremos que no solo encontraremos placer sino que descubriremos que tienen la función de mostrar el mundo fronterizo entre México y los Estados Unidos tal cual es con el objeto de evaluar las múltiples situaciones y proveer una crítica social constructiva.

Alexis Osorio-Carrillo PhD.

EL EFECTO VERDE

SANDRA TRATÓ de sacar el *lipstick* del tubo prácticamente vació. Trató inútilmente con la punta de un gancho del pelo pero fue inútil, el tubo estaba vacío. Y desconsoladamente pensó que faltaba toda la semana para el jueves, pues apenas era lunes. Salió a la calle y caminó de prisa, ya iba con dos minutos de retardo. La maquiladora donde ella laboraba estaba a sólo cinco minutos de la vivienda donde ella y su hermana en compañía de sus cinco niños habitaban. Era duro tener que arreglar cinco niños todas las mañanas, la parte más difícil era proveer el alimento. Ahora ganaba unos pesos más, dos meses atrás había ascendido a jefa de grupo. Aquella mañana era especial, debía llegar a tiempo. Pues un nuevo jefe gringo llegaría ese día. Continuó caminando sobre el suelo resbaladizo por la ligera llovizna de la noche anterior. Calzaba sandalias muy viejas sin medias. Prácticamente llevaba los pies desnudos. El viento helado de enero le pegó en el rostro desprovisto de todo maquillaje, y el sol mortecino de las seis de la mañana le lastimó los ojos, verdes, brillantes. Pensó que algún día tendría suficiente dinero para comprarse unas gafas oscuras como aquellas que lucían las mujeres en las revistas. Pensó en las modelos que había visto en los magazines que Rosario Mendoza, la jefa de personal, un día le había regalado. Nunca se le ocurrió pensar que ella en otro espacio hubiese sido confundida con una de aquellas modelos internacionales. Era altísima para el

1

estándar de las mujeres mexicanas que laboraban en las maquilas, el pelo rojo, los ojos verdes, enormes semejando uvas y una boca grande y sensual donde según su propia opinión había demasiados dientes.

Lanzó una maldición, pues ya iba tarde por tres minutos, y precisamente aquel día. Al llegar a la puerta se detuvo, ahí estaba el guardia como un perro de presa. Tendría que dejarse manosear por aquel malnacido o le levantaría un reporte de tardanza. Dicho y hecho. Don Elías disimuladamente le toco los pechos y el trasero con una sonrisa cargada de lujuria. –Un día te mueres, viejo hijo de la chingada y te lleva el demonio.-- Pensó Sandra cerrando los ojos y tratando de no pensar en el atropello. Corrió a ponchar su tarjeta pero notó que ya estaba ponchada. De eso se había encargado Rosalba, su mejor amiga y trabajadora bajo su cargo. Corrió hacia su área de trabajo y noto la algarabía de toda la gente en el piso. Cuando Rosalba le miró llegar le comunicó que el nuevo jefe ya estaba ahí, y que era un gringo muy guapo. Ella le dijo el porque de la tardanza. Le explicó que no les habían entregado agua ese fin de semana, sin agua corriente, ya venía cansada de acarrear cubetas de la llave que estaba a espaldas de la planta para bañarse, cocinar y todo lo demás que requería agua en la vivienda, y ni esperanzas de salir de ese hueco. Ya van tres veces que meto solicitud para las casas de Infonavit[1], dijo para sí misma   --ni sueñes manita, la última se la dieron a la Estela Mendoza-- le contestó la Rosalba, y prosiguió   --no ves que anda metida con el Marco Antonio, el de personal, y tu sabes, la que quiere casa primero se mocha con él.-- En eso estaban cuando

---

1   INFONAVIT, (Instituto del Fondo Nacional de la Vivienda para los Trabajadores), casas subsidiadas en dónde el empleador paga una parte, el gobierno otra y el trabajador paga una cuota descontada de su sueldo.

el Chino, su supervisor, vino hacia ella y comenzó a sermonearle por la tardanza de casi cinco minutos. Ella no le contestó nada, pero le dio gracias a Dios una vez más que para conseguir el puesto de jefa de grupo no había tenido que mocharse con el asqueroso sujeto, como habían tenido que hacer otras de las mujeres que tenían la misma posición. Para ella aquel sujeto era lo más ruin repulsivo que había visto en su vida, gordo, chaparro, con una enorme barriga que le hacía fajarse los pantalones más de una cuarta debajo de la cintura. Era un depredador. Se jactaba que todas las mujeres en su línea de ensamblado de una manera u otra, por algún motivo o razón, un permiso, un familiar enfermo, una emergencia se habían tenido que mochar con él. Todas menos Sandra, y aquello era bien sabido, cosa que le molestaba muchísimo al asqueroso ente.

La Marilú Jiménez, otra jefa de grupo del mismo piso y rival encarnizada de Sandra en todo lo referente a la producción, le anunció que el nuevo jefe la quería conocer, inmediatamente el Chino le dio la señal de adelante, no era cosa de hacer esperar a los grandes. Cuando Sandra se detuvo para tocar en la puerta de la oficina de Ian McGregor, nuevo gerente de Jerrold, Subdivisión de General Instrument de México, S.A. de C.V., no supo porque recordó la última lectura de cartas que le había hecho Doña Luchi. Recordó con claridad sus palabras –conocerás a un hombre que cambiará tu vida.-- Ella preguntó si para bien o para mal y la respuesta de la quiromancia fue ---eso depende de ti.— Sandra siguió con el caudal de sus pensamientos. –Que sabe la pinchi vieja de adivinar, lo único que hace es robarnos nuestros centavos, a mí y a toda la bola de pendejas que le siguen el rollo— pensando así llegó a la puerta de la nueva autoridad suprema de la división Jerrold.

Tocó muy débilmente y escuchó la voz que dijo --*come in*-- y cuando Sandra entró el impacto que causó aquel encuentro no se puede comparar con el encuentro de Cortés y la Malinche. Aunque aquí también fuesen el conquistador y el conquistado.   Aquel fue el encuentro de dos razas, esto fue lo contrario.   Sandra se vio frente a un hombre que parecía su hermano, con el pelo rojizo como el de ella, los ojos verdes como los de ella, una boca grande y sensual como la de ella y una sonrisa que mostraba muchos dientes, también como la de ella. Ian McGregor la invitó a sentarse con frases en un español pésimo aprendido en un *"crash course"* antes de llegar ahí. Lo primero que preguntó a Sandra fue porque tenía el pelo rojizo y ojos verdes, le preguntó si ella descendía de irlandeses a lo que Sandra contestó que ella no sabía pues nunca había conocido a su padre, su madre había parido cinco hijos todos de diferentes maridos. Todo eso lo dijo de una manera natural, intercalando frases en un inglés vacilante, pues cuando el trabajo se lo permitía tomaba las clases de inglés que impartían en la compañía como un pequeño beneficio a los empleados. Ian McGregor no podía ocultar la fascinación que le producía encontrar en aquel lugar tan remoto de su mundo donde le dijeron que sólo había aborígenes, a un ser tan parecido a él. Ella sonreía con la boca sensual donde había demasiados dientes y con los ojos brillantes. Se permitió fantasear con él, se preguntó como sería en la cama.   Ella sabía de hombres. Muchas veces tuvo que entregarse a compañeros trabajadores por un plato de tacos, una torta o una ida al cine. Su favorito era Carlitos Magaña quien trabajaba de traductor en las oficinas de C.P. Clare. Era casado pero eso no impedía que se juntaran dos o tres veces por mes. La invitaba cenar o a una función de cine, después rentaban un cuarto en un hotel barato y se olvidaban de sus respectivos problemas por un rato.

Marilú Jiménez, otra jefa de grupo y rival de Sandra asomó la cabeza a la oficina tratando de hablar con ella.   Ian McGregor le indicó con un ademán de mano que se retirara, que Sandra regresaría al piso cuando la entrevista terminara.   Aquella entrevista se prolongó por más de dos horas, cuando Sandra salió de la oficina de McGregor toda su persona tenía un resplandor, la sonrisa nunca fue tan grande ni los ojos verdes tan luminosos.

Los días siguientes se convirtieron de una cadena de sinsabores a un perenne estado de embriaguez para Sandra.   Vivía en un letargo, en una especie de enajenación.   Gracias a esa sensación que a ella le parecía lo más cerca a la felicidad, la producción de Sandra se elevó a las alturas dando con esto pretexto para las constantes felicitaciones del gerente de Jerrold lo que provocaba que la muchacha pasara muchas veces por su oficina.   Hablaban y reían, siempre era él el que hacía las preguntas. Así supo que Sandra era la segunda de tres hermanas, que a los quince años se convirtió en madre soltera de una niña que ahora contaba con doce años y vivía en una pequeña población del estado de Zacatecas con los abuelos de Sandra, bisabuelos de la niña, que la madre de Sandra trabajaba de sirvienta en las casa de los ricos en una ciudad cercana al pueblo de sus padres. Todos estaban en la pobreza por lo cual las tres muchachas se fueron a la frontera en busca de una mejor vida. Que Sandra se había casado al año de haber llegado a la ciudad fronteriza con un supervisor de línea de una maquiladora y que el matrimonio fue un tremendo fracaso, dejándole dos chiquillos que mantener, pues el ex marido se había ido de ilegal al norte y jamás había vuelto a saber de él. Que vivía con una hermana menor y los dos hijos de ésta, de cinco y seis años respectivamente, fruto de una relación de adulterio con un hombre casado que laboraba como almacenista en una maquiladora del parque industrial, y que ambas hermanas cuidaban al hijo de la hermana mayor, pues esta se había ido a la frontera de Tijuana, en Baja California para pasarse a Estados Unidos de ilegal para trabajar en un restaurante, cosa que nunca logró pues él coyote que le prometió el traslado a Los Angeles, California le había robado el dinero del pago y todas sus pertenencias. Ante el fracaso de emigrar a los Estados Unidos había optado por quedarse a trabajar en una maquiladora de Tijuana aunque las malas lenguas decían que ejercía la prostitución en un antro de los que abundan en la calle Revolución de Tijuana. Lo realmente cierto era que tenían poco contacto con ella y ellas tenían que mantenerle al pequeño que había dejado atrás. Ian McGregor comprendía que la vida no era ni había sido fácil para Sandra pero no titubeó en traerle otra complicación más.

Ian McGregor de treinta y seis años cinco meses cuatro días, había comenzado su carrera con Jerrold seis años atrás. Con una maestría en estadísticas del *Georgia Tech*, una inteligencia brillante y una ambición por triunfar en su vida profesional había aceptado ir a esa ciudad fronteriza entre México y Estados Unidos con una oferta que no pudo resistir y como el escalón para cosas más grandes y mejores. Una noche de primavera en que soplaba un viento tibio y un olor a lluvia, tres meses después de haber conocido a Sandra, Ian McGregor rompió su record intachable de ejecutivo ejemplar y dejó de ser un hombre decente, si se le medía por el patrón de la sociedad de donde el provenía. Esa tarde Sandra terminó sus labores de jefa de grupo y consiguió horas extras para esa noche. Horas extras, más trabajo era el premio para las trabajadoras sobresalientes. Pidió permiso para prácticamente volar a su casa, tomar un poco de alimento y checar que la prole a cargo de ella y su hermana estuviese bien. Regresó a su puesto cuarenta minutos después y fue cuando le vio llegar a su oficina.

Aunque Ian McGregor laborara tarde no se quedaba en su oficina, se trasladaba a las oficinas   principales de la compañía situadas al cruzar la calle del antiguo camino a Cananea.   Ahí se reunía con Bill Walters, el jefe supremo local de la empresa.   Regresó al piso diez minutos después que Sandra.   Al verlo ella entrar sus miradas se cruzaron. Sandra no supo porque pero recordó a Doña Luchi, la cartomántica y jefa de la lavandería, y al mismo tiempo sintió que algo de la misma magnitud que un meteoro chocando contra la tierra iba a ocurrir en su vida.   En eso estaba cuando Ian McGregor llegó hasta su mesa de trabajo y no le ordenó, le pidió —¿quieres venir a mi oficina por favor?— los ojos de ambos chocaron y un escalofrío recorrió el esbeltísimo cuerpo de ella.

Cuando ella entró a la oficina decorada en un estilo por demás austero, él la esperaba de pie, vestido impecablemente, --cierra le dijo—y desde su magnífica altura le miró fijamente.   Nunca la había abrazado, siempre le saludo con un apretón de manos. Sandra nunca supo si aquello él lo planeo o simplemente ocurrió. El beso fue explosivo, largo íntimo, el beso de un hombre enamorado.   Afuera ya había caído la noche y la llovizna se tornó en una lluvia obscena que a minutos arreciaba, cayendo primero   cadenciosa, besando y acariciando los edificios y penetrando con fuerza cada gota soezmente el suelo. Siguió así por largo rato después arreció con una fuerte ventisca y terminó con un relámpago que cruzó los cielos y un estruendo que hizo cimbrar todos los edificios de General Instrument de México, S.A.

Para Sandra el acto sexual jamás fue lo que ella leyó en las novelas de Corín Tellado.   Ella nunca realmente se enamoró de nadie, por lo que nunca pensó en aquello como un acto de amor. Siempre pensó que era el engranaje de dos piezas y nada más. Durante su matrimonio llegó a pensar que el acto sexual era un acto asqueroso y barbárico por el cual se sometía a la mujer. Gradualmente el tiempo se encargó de enseñarle que era también una especie de moneda de canje que servía prácticamente para todo, al menos así se manejaba en la empresa. Si una operadora de línea quería un ascenso tenía que mocharse con algunos gerentes, gerentillos y gerentuchos, por eso ella nunca terminó de darle gracias a Dios que ese no era su caso. Su ascenso lo había conseguido por su trabajo, por sus entrenamientos en las clases de capacitación impartidas ahí mismo, por su empeño y según decían sus compañeras por ser güera y parecer gringa. Era bien sabido que Bill Walters, el jefe de jefes en la empresa prefería a los trabajadores de tez y pelo claro como ella y la Rosa Landy, quien había llegado a supervisora de producción pues parecía gringa de pelo rubio y ojos azules. Se decía que esos ascensos eran dedazos directos del jefe supremo cuando le presentaban a los candidatos para tal o cual puesto.

Después de aquel primer encuentro la perspectiva de Sandra sobre el amor y el sexo cambió. Se amaron tres veces por semana, nunca más en la oficina de él. Por medio de Chepita Vejar, su secretaria, Ian McGregor arrendó con carácter de permanente una habitación tres días a la semana, lunes, miércoles y viernes en el Hotel Plaza, el mejor al sur de la ciudad, situado muy convenientemente en la Carretera Internacional cerca de la fábrica. Aparte de esos días Sandra nunca supo que hacía él los fines de semana después del viernes. Las noches que pasaba con él Sandra pagaba a una vecina para que cuidara a los cinco chiquillos, los dos de ella y los tres de las hermanas, pues la hermana menor en las noches viajaba a la vecina población fronteriza del lado americano donde sólo con su pasaporte mexicano local trabajaba cuidando a una anciana durante las noches. El dinero que Sandra pagaba a la mujer por cuidar a los niños salía de su escaso presupuesto, jamás se le ocurrió a él preguntarle si tenía algún problema para estar con él esos días de la semana, en su egoísmo sólo pensaba en sí mismo, jamás se le ocurrió pensar que Sandra pudiese tener algún conflicto ni de dinero ni de ninguna especie.

La vida emocional de ella cambió totalmente.   Nada le importaba más que aquella pasión. Los problemas domésticos que antes tanto le agobiaban ahora le parecían insignificantes.   Su actuación en la compañía no podía ser mejor, la producción de su grupo de trabajadoras había alcanzado niveles increíbles, que hasta el mismo Bill Walters había venido a su mesa de trabajo a felicitarla por su gran desempeño profesional.

Se amaron por más de cinco meses con una dedicación increíble. Jamás ninguno de los dos faltó a ninguna de las citas en el Hotel Plaza.   La primera vez que Sandra se entregó a él se comportó como una vestal, las veces siguientes lo hizo como una verdadera profesional. Aquel caudal de experiencia lejos de molestarle a él, le complacía, le acicateaba.   En todos los encuentros se amaron como animales en celo, con un furor increíble y una agresividad desmedida. Se levantaban a las cinco de la mañana y la llevaba a la vivienda de ella, a sólo pocos metros del edificio de la planta maquiladora, y esos días el llegaba más temprano a su oficina, justificando con Chepita Vejar, el por qué tenía una habitación rentada en el Hotel Plaza tres días a la semana, diciéndole a la anciana que esos días el necesitaba llegar más temprano que de costumbre y así evitar el tráfico de cruzar la línea internacional como lo hacía otros días de la semana.

Por más que trataron de ocultar el romance cuando se reunían para discutir los asuntos de la producción todo el mundo creía percibir una vibración, una fuerte corriente de energía entre ambos. Comenzaron los susurros, los chismes, las habladurías. Después de tres meses aquello era un secreto a voces. Sandra jamás lo admitió. Aun bajo tortura jamás lo hubiera admitido. Le amaba con desesperación, con locura, y le profesaba una lealtad sin límites. Jamás él le pidió con palabras que guardase la relación en secreto, fue un acuerdo tácito y él jamás desconfió de ella. En este punto la conocía perfectamente, sabía lo inteligente, lo brillante que ella era. Jamás tuvo Ian McGregor ni la más mínima queja del comportamiento de ella en ningún aspecto.

Cuando la relación llevaba poco más de cinco meses ocurrió algo diferente aquella mañana de lunes. Cuando Sandra llegó a la fábrica, al pasar por el estacionamiento se sorprendió de no ver el automóvil de él estacionado. Después de entrar al piso de ensamblado se dirigió a su puesto de trabajo y al no verlo tras el cristal de su oficina tuvo como un mal presentimiento. En el pasado cuando él no iba a estar en la planta por cualquier motivo se lo hacía saber con tiempo. Aquella vez fue diferente. Quiso pensar que la tardanza se debía a algún percance con el auto, pero no, el no apareció por ahí ese día, ni el siguiente, ni el siguiente. Al cuarto día de su ausencia rompió en llanto enfrente de sus operadoras al estar dando instrucciones sobre un producto nuevo. Su

amiga y operadora bajo su cargo, Rosalba Pérez, la llevó a la enfermería donde Lucila Pacheco comentó maliciosa, --ya sabemos lo que tiene-- acto seguido le dio un par de aspirinas y le ordeno que descansara. Cuauhtémoc Jaramillo el gerente de producción en su sección le dijo que se tomara la tarde libre.

Al día siguiente llegó más temprano que el resto de los trabajadores del turno de día. Se había acostumbrado a llegar así para a ver a Ian McGregor de lejos a través del cristal de su oficina.

Aquel día no fue diferente, llego tan temprano como de costumbre pero él no estaba ahí. El peso del dolor se le hacía cada día más agobiante. A media mañana se le acercó Rosalba y le dijo, —ayer cuando te fuiste él estuvo aquí, yo no le vi pero algunas de las muchachas le vieron. Dicen que le está visitando su mujer.-- Nadie vio el horror dibujado en la cara de Sandra, todos estaban demasiado ocupados. De que insensatez estaba hablando Rosalba, la mujer de Ian McGregor era ella misma y nadie más que ella. Toda la mañana la pasó atribulada con miles de pensamientos dándole vueltas en su cerebro, cuando la hora del almuerzo llegó no pudo más y salió al patio de la planta donde se ubicaban los vendedores ambulantes. Adentro se asfixiaba, más por inercia que por hambre compró una pequeña bolsa de duros, giró hacia la entrada de la fábrica y fue cuando vio el elegante oldsmobile negro de Ian McGregor entrando en el estacionamiento exclusivo para gerentes de Jerrold. Estaba parada a escasos diez metros del vehículo, se quedó paralizada, clavada en el piso, los vio descender. El gallardo y majestuoso abriéndole a la mujer la puerta del coche. En medio del desasosiego Sandra miró a la mujer y se preguntó que podía mirar Ian McGregor en aquella mujercita tan insignificante, pequeña, flaca, sin

forma, con todo del mismo color. La piel, el pelo, la ropa, era una mujer monocromática con el escaso pelo rubio pegado al rostro. Vestía elegantemente con un traje estilo del que llevaba Jaqueline Bouvier Kennedy, aquel veinte y dos de noviembre en que le mataron al marido en Dallas, Texas.

Lo que Sandra sintió ante aquella escena sólo se comparaba con el espantoso dolor que sintió cuando su hija pequeña, dos años atrás, cuando la niña contaba con sólo tres años de edad, le había caído la cubeta de agua hirviendo, agua que calentaban para bañarse encima de una vieja estufa, pues la vivienda hasta la fecha no contaba con agua corriente y menos caliente. La pequeña sufrió quemaduras de primer grado en el cincuenta por ciento de su cuerpo. Cuando esto ocurrió Sandra estaba en la planta laborando y el mayor de sus hijos vino a la fábrica para avisarle, La niña se salvó de morir milagrosamente y después por medio de una iglesia protestante Sandra se contactó con una asociación de caridad en Estados Unidos quienes le proporcionaron tratamientos y cirugía para el mejoramiento de la criatura en un hospital de California a donde ella viajó con la niña cada mes por espacio de un año, todo pagado por instituciones benéficas.

La pareja desapareció hacía el interior del edificio y Sandra decidió huir del lugar. Caminó casi a ciegas enloquecida de rabia y dolor, a pocos metros de su vivienda se detuvo en un bote de basura que rebosaba de papeles sucios, latas y botellas vacías, más desperdicios que se esparcían alrededor del contenedor, pues a escasos treinta metros más adelante de los terrenos de General Instrument de México, S.A. de C.V., los camiones recolectores sólo recogían la basura una vez por semana. Sandra vomitó un líquido mezclado con flemas verdes

y amarillas, tenía tres días de no comer y fue lo último
que recordó.   Todo se volvió negro y la hermosísima
joven, operadora estrella, jefa de grupo y amante secreta
del gerente de Jerrold, quedó tirada como una muñeca
rota en el basurero.

Cuando despertó se encontró en una habitación del
Seguro Social y junto a ella su hermana menor que con
los ojos inundados de lagrimas le decía −Sandra, tienes
que ser fuerte, no puedes seguir así, dijo el médico que
estás deshidratada por falta de agua y alimento.-- Ella
sólo clavó la mirada en el techo del cuarto sin decir nada.
Dos días después volvió a su trabajo. Inmediatamente
Rosalba Pérez le comunicó que la visita de Ian
McGeregor se había marchado dos días atrás. Ese día
se vistió con lo mejor que tenía, un vestido verde malva,
que hacía juego con sus enormes ojos, el vestido se lo
había comprado a una vendedora que venía del parque
industrial y que todo vendía al triple de lo que costaría
en las tiendas eso si, en abonos. Compró el vestido en
abonos de treinta pesos cada día de pago, doce abonos
en total, vestido que sólo se había puesto una vez en el
aniversario de de la empresa. Se puso unos zapatos de
tacones altísimos que le había regalado la Rosario, la
asistenta de personal, pues ella no podía caminar con
ellos por lo alto, cosa que para Sandra no era problema.
Se maquilló como cuando en el pasado salía con algún
compañero al cine y el efecto fue espectacular.

Cuando llegó a la planta maquiladora los silbidos
y piropos de todos los trabajadores le llovían, se oían
por donde iba pasando. Don Elías el guardia, lamentó
que hubiese llegado tan temprano, no pudo tocarla
bajo la amenaza de ponerle un reporte de tardanza

como lo hacía con cualquier trabajadora que llegase unos segundos tarde. Sandra no se molestó en mirar a través del cristal de la oficina de la máxima autoridad de Jerrold, pero él inmediatamente le mandó llamar con Juan Pacheco el muchacho que limpiaba los vidrios. Cuando ella se presentó frente a él, Ian McGregor enmudeció. Él había viajado por casi todo el mundo y conocido a muchísimas mujeres bellas, pero ninguna tan hermosa como aquélla, pensó que no era una mujer, que era un ser irreal, un ángel o una diosa. Pensó que era injusto que una mujer fuese tan bella, tan perfecta y lo que Ian Mc Gregor encontró más hermoso en el rostro de Sandra fueron sus labios, porque de ellos no salió ningún reproche.

Desde aquel día Sandra comprendió la situación. Ella era sólo un juguete, una diversión, una distracción para el extranjero que se encontraba tan lejos de su propia tierra, algo para hacerle la vida más llevadera. Nada cambió entre ellos, los encuentros siguieron con más intensidad si acaso, Sandra descargaba su frustración de aquella manera. Ella jamás supo lo que los pensamientos de él encerraban y jamás se molestó en preguntar, ¿para qué? inconscientemente se decía ella misma, pero un día a escasos dos meses de reanudar la relación ella vio en los ojos de él un rastro de tristeza, pasaba largos ratos en silencio cuando se encontraban, ya no le preguntaba de cosas personales, ni de nada tocante a la producción en la planta como solía hacerlo antes. Ella presintió con su aguda intuición que era el principio del fin.

Ella no pudo decir que el rayo que le cayó vino de un cielo sin nubes, no, vino de un cielo lleno de nubarrones negros que anunciaban un mal presagio. Se lo dijo en cuanto la vio esa tarde de viernes y cualquiera que lo hubiese escuchado pensaría que estaba traspasado de dolor. —Sandra pronto tendré que irme de aquí--- le dijo secamente. Ella no pidió ninguna explicación, había aprendido a ser orgullosa y a disimular sus sentimientos en los últimos meses. Una semana más tarde escuchó, que la empresa y los empleados como era la costumbre cuando alguien partía, le organizaban una despedida a Ian McGregor en uno de los restaurantes locales. La despedida se llevó a cabo un sábado por la tarde en que hacía un calor sofocante. Sandra no asistió. Se paso la tarde en su vivienda, tirada en el camastro escuchando un disquito de Armando Manzanero, que un noviecito le había regalado a su hermana, y que tocaba en un pequeño aparato de sonido que semanas antes le había vendido por cien pesos uno de sus operadores, el Jarocho, quien se lo había robado a la secretaria del gerente de C.R. Bard, cuando el mismo laboraba el verano pasado en el parque industrial.

El siguiente lunes prosiguió la rutina del ir al Hotel Plaza después de las horas de labor. Él ordenó una cena en la habitación, en el pasado lo había hecho algunas veces cuando no comían en la cafetería de la empresa antes de salir. Ian McGregor no lo dijo pero ella lo intuyó que aquel era él último encuentro sexual entre ambos. Ella se comportó fría, distante, él llegó a pensar que ella no era ella, él nunca comprendió que efectivamente no era ella, porque para Sandra él ya había pasado a formar parte del pasado, de un pasado que se iba alejando, difuminando en la niebla de su atropellada existencia, aquel era un encuentro sexual como cualquier otro, con cualquier otro. El día siguiente el no estuvo en su oficina. Pasó todo el día en conferencias con Bill Walters y otros ejecutivos, como a las cuatro de la tarde las dos miradas verdes se cruzaron por última vez y Sandra no experimentó dolor, sintió algo parecido a la melancolía por algo que ya está muy lejano.

Al arribar a su puesto de trabajo al día siguiente ya en la oficina de Ian McGregor estaba el nuevo gerente de Jerrold. El hombre salió y se presentó ante todos los empleados de una manera breve y muy correcta. Era un pocho de Texas, Pedro González, hombre cincuentón, algo pasado de peso. Llegó al pueblo acompañado de su esposa, una gringa deslavada y sus dos hijos adolescentes. En los años que fungió como gerente de Jerrold, a todas las funciones sociales se presentó acompañado de su familia. Al finalizar el día más largo en la vida laboral de Sandra, pues sentía un cansancio atrasado, de muchas semanas de muchos meses, Chepira Vejar la ahora secretaria de Pedro González le entregó un sobre en el que sólo decía "Sandra" con la letra grande de rasgos elegantes e inconfundibles de Ian MacGregor.

Esa noche rasgó el sobre y adentro sólo había cuatro billetes de cien dólares cada uno. Aquel era su precio por aquellos meses. No había un mensaje, ni una sola letra. Sólo el dinero. Sandra tuvo el impulso de tomar los billetes masticarlos, tragarlos y vomitarlos. Se contuvo. En medio del dolor que le había causado el insulto recordó su situación, los volvió a depositar en el sobre y lloró como una niña pequeña. Ahora si tenía una herida, una herida profunda, el resto de la semana no pudo presentarse a laborar. Lloró tres días con sus tres noches. Regresó hasta el lunes siguiente No supo de donde sacó fuerzas para no dar el gusto de que sintieran lástima por ella. Se puso una máscara de frivolidad y reanudó su vida en donde Ian McGregor la había encontrado.

Dos meses más tarde terminó su curso de inglés en la compañía. Micaela Fierro la jefa del Centro de Capacitación y Aprendizaje de General Instrument de México, le entregó su diploma a ella y a otros compañeros en una sencilla ceremonia a la que asistió su maestra de inglés y el propio Bill Walters y para la cual Sandra se compró un traje como el que un día le vio a una mujer monocromática en el estacionamiento de Jerrold como aquel que portaba Jacqueline Kennedy Onassis un veinte y dos de noviembre en Dallas, Texas casi treinta años atrás, y ese mismo día Bill Walters la nombró supervisora de producción con quince líneas a su cargo.

No volví a ver a Sandra hasta diez años después. Salía de una papelería en la calle principal de su ciudad fronteriza, la que está situada frente a la calle que da al Santuario de Nuestra Señora de Guadalupe. La reconocí inmediatamente. La rojiza melena la llevaba recogida en una larga trenza que le caía a media espalda, conservaba su figura de adolescente pero algo enjuta, los pómulos se marcaban desafiantes en el rostro, la nariz de Greta Garbo se veía ahora más aguileña, pero tuve que aceptar que la mujer aun era un bellísima y descubrí un nuevo brillo en los verdes ojos. Fue entonces que descubrí a los dos chiquillos que llevaba de la mano. Eran como clones de una figura del pasado. Tenían la cabeza cubierta de caracoles rojos, la nariz respingada cubierta de pecas y los ojos verdes de sus padres. Me dijo que aquellos gemelos, niño y niña, eran sus hijos, que tenían diez años y se llamaban Juan y Johana, me explicó que aquel era un nombre internacional y que se encontraba en todos los idiomas y que era femenino y masculino. Dijo también que los dos niños eran muy inteligentes, que eran los primeros en su clase, que ya habían pasado a quinto grado y que estaba segura que un día serían gerentes de una maquiladora. Me contó que ya no trabajaba para Jerrold, que ahora trabajaba en una de las maquiladoras nuevas del parque industrial y que era gerente de control de calidad y que por fin, después de tantos años de insistir había conseguido una casita de Infonavit donde vivía con sus hijos pequeños, los gemelos, y su hija de quince años quien asistía a la preparatoria federal. Su hijo mayor se había graduado, después de muchos esfuerzos como ingeniero de producción del tecnológico local y laboraba en la misma maquiladora que ella. La hermana menor se había casado con un operador de línea y se habían marchado a trabajar a una maquiladora de Ciudad Juárez llevándose a sus dos hijos y al niño de la hermana mayor. Pretendí seguir conversando con ella pero de pronto escuché la voz, --ya vámonos mamá, se hace tarde— aunque eran unas voces infantiles me sonaron demasiado solemnes, demasiado intensas, y creí percibir un aire de arrogancia en la mirada verde. Sandra sólo comentó riendo --así me cargan siempre, marcando el paso, son como unos adultos.-- Se despidió y vi con asombro alejarse a la moderna Malinche con sus pequeños de la mano.

EN LA CORTE CON LOS ILEGALES

UNA CUERDA de aproximadamente quince ilegales entra en la Corte Federal, en la ciudad de Tucson, Arizona. Son las nueve de la mañana. Después de que se les toma juramento se les manda volver a la siguiente habitación, donde originalmente estaban. Detienen en la sala para comenzar el interrogatorio de los quince a una muchacha de escasos veinte años, quien muestra una barriga de embarazo de casi ocho meses. Se sienta en la silla de los acusados. El fiscal, quien sólo sabe hablar inglés, representando a la nación más poderosa del mundo empezó el interrogatorio por medio de un traductor.

¿Cuál es su nombre por favor?

Martha Alicia Pacheco Vega.

¿Pagó usted a un coyote para cruzar a los Estados Unidos?

Si, si pagamos.

¿Cuánto pagó?

No sé. Mi esposo hizo los arreglos.

¿Es usted mexicana?

Si.

¿Habla usted español?

Si.

¿Dónde nació?

En El Palmar.

¿Dónde queda eso?

En México. En Sinaloa.

¿En qué año nació?

En 1989.

¿Es su padre mexicano?

Si.

¿Cuál es su nombre?

Ya le dije. Martha Alicia…

No, no, el nombre de su padre, ¿cuál es?

Francisco Pacheco Quintero.

¿Dónde nació?

En el Palmar también.

¿En qué año nació su padre?

No sé.

¿Habla su padre español?

Si.

¿Es su madre Mexicana?

Si, es mexicana

¿Cuál es el nombre de su madre?

Úrsula Vega Ibarra.

¿Dónde nació?

En Badiraguato.

¿Dónde está eso?

En Sinaloa.

¿Eso es en México?

Si, es en México.

¿En qué año?

¿En qué año qué?

¿En qué año nació su madre?

No sé, no recuerdo.

Habla su madre español?

Si.

¿Es su madre mexicana?

Ya le dije que sí.

¿Cuándo cruzó a los Estados Unidos cruzó por la garita internacional?

¿Qué es eso?

Es la entrada a Los Estados Unidos. ¿Había oficiales de los Estados Unidos por dónde cruzó?

¿Oficiales?

Si, oficiales.

No sé.

¿Qué hora era?

No se la hora, era en la noche.

¿Venían en carro o caminando?

En carro.

¿De qué color era el carro?

No sé. Estaba oscuro, era de noche.

¿Cuántos venían en el carro?

Como ocho, más o menos.

¿A dónde los llevaron?

 A una casa.

¿Cómo era la casa?

No sé. Era de noche, no se veía nada.

¿Cuánto tiempo estuvieron ahí?

No sé. Mi esposo y yo nos dormimos.

¿Había camas ahí?

Nos dormimos en un cuarto, en el piso.

¿Qué pasó después?

Nos llevaron a otra casa.

¿De qué color era el carro en que los llevaron a la segunda casa?

No sé. Estaba oscuro.

¿Era el mismo carro que los transportó a la primera casa?

No vi el carro. Ni el primero, ni el segundo. No sé si era el mismo.

¿Vio al chofer del carro?

No. Iba sentada atrás y estaba oscuro. Bueno, le vi la espalda.

¿Qué paso en la segunda casa?

Nos dieron comida.

¿Quién?

Una señora.

¿Está aquí en la sala la señora?

Se fue por esa puerta, atrás de esa pared.

¿Está o no está la señora aquí?

No sé. Aquí estaba, pero salió por esa puerta.

¿Qué comieron?

Tacos.

¿De qué eran los tacos?

De carne…o de papa…no recuerdo bien.

¿Qué pasó después en la casa?

Tocaron muy fuerte en la puerta. Se oyeron gritos, creo que era en inglés…

¿Quién tocó la puerta?

Creo que eran los policías, algunos gritaban, ¡la migra!, ¡la migra!

¿Qué pasó después?

Algunos corrieron por la puerta de atrás, a otros nos atraparon...

Ya han pasado aproximadamente una hora con treinta minutos. Le ordenan a la muchacha retirarse y que pase el siguiente...

El siguiente es el joven esposo de Martha Alicia. El interrogatorio sigue el mismo ritmo y las mismas preguntas con ligeras variantes. Pasa una hora con cuarenta minutos, despiden al muchacho. Ya han pasado más de tres horas dice alguien...titubéan en llamar al siguiente...

Todavía faltan trece por interrogar.

GUADALUPE GUERRERO

Hacía ya cinco años que había llegado a la frontera con intención de pasarse al *otro lado*. Trató en tres vanos intentos. En el tercero cruzó pero el destino suele ser caprichoso y al llegar al tercer semáforo del pueblo rumbo al norte, ese que está bajo del puente a desnivel, una patrulla local los paró pues le faltaba una de las luces traseras al vehículo. Inmediatamente al ver que se trataba de indocumentados el policía llamó a la *migra* y tanto el coyote como los seis pasajeros fueron arrestados y después de veinte y cuatro horas y de trasladar al coyote a la prisión de Florence los seis prisioneros fueron milagrosamente puestos de vuelta en el sur de la frontera entre México y los Estados Unidos.

Guadalupe Guerrero se encontró caminando en aquella población fronteriza en una noche iluminada por letreros neón y los faroles del tráfico. Caminaba sin rumbo y sin dinero. Los dos mil dólares con los que había arribado se le habían ido en los tres intentos de cruzar. En el primero el coyote no apareció en el lugar convenido después de pagarle el día anterior el grupo de tres que incluía a dos jóvenes centroamericanos. Le esperaron toda la mañana y el tipo jamás apareció. En el segundo intento brincaron la cerca y al cruzar, la migra les esperaba y atrapó a todo el grupo que constaba de siete entre hombres y mujeres, menos a Guadalupe pues gracias a sus largas piernas y un poco de buena suerte logró escapar saltando al lado mexicano. Tristemente pensó que el *otro lado* se le escapaba de las manos.

Cuando recibió aquella pequeña herencia de su abuela materna, a la cual ni conoció pues vivía en otro estado pensó que sus días de pobreza y privaciones al lado de su madre viuda y tres hermanos habían terminado. Se iría al norte y allá en una tierra con ríos de leche y miel, y calles pavimentadas de dólares se abriría un futuro brillante y con el tiempo también su familia vendría acá.

Nadando en su mar de recuerdos no supo cuanto tiempo caminó pero ya parecía ser de madrugada cuando sintió una punzada en el estomago. Se dio cuenta que hacía diez horas que no comía. Se encaminó al sector de las *fonditas*. Los tres días que pasó en la población fronteriza se enteró que aquellos lugares cerraban hasta pasado el amanecer. Entró en uno de los lugaruchos y se sentó en un banco en la barra. El hombre tras la barra le envolvió en una mirada lujuriosa ¿Qué le sirvo? Le preguntó solicito y galante, la respuesta fue "sólo tengo un dólar". El hombre le pidió que no se fuera, que le esperara, le dijo que era tarde y hora de cerrar. Echó fuera a unos cuantos parroquianos borrachos que quedaban por ahí, acto seguido les pagó a los músicos y les despidió. Enseguida le atendió de maravilla. Le indicó que pidiese lo que quisiera. Le pidió tímidamente un vaso de leche y pan no sin antes repetirle "sólo tengo un dólar". A continuación el asqueroso sujeto empezó a tocarle la piel casi virginal, le desabrocho el pantalón y le arrastro a la trastienda. Cuando Guadalupe salió del lugar se dio cuenta de que tenía mucho más de un dólar en la bolsa.

Caminó despacio, había sido su primera experiencia de aquella índole, no experimentó asco, ni placer, sólo una sensación de vacío. Continuó caminando escuchando sus propios pasos, vio unas luces, mortecinas ya, pues el amanecer ya había llegado. Los transeúntes que pasaban a su lado, en su mayoría borrachos y prostitutas, parecían fantasmas difuminados en la escasa luz del amanecer.

Se acercó a la calle de donde provenían las luces y vio que eran los antros de vicio ahora llamados *table dancing*, los mismos que en los cuarentas y cincuentas se llamaban de *burlesque*, y vio el letrero, "Se solicitan bailarinas y bailarines exóticos" y seguía explicando el cartel "...buena paga y comisiones, se requiere excelente presentación". Siempre bailó muy bien, pensó para sí, en los festivales de la escuela siempre figuraba en los primeros lugares, por su gracia y talento. Al seguir reflexionando se dio cuenta que no había marcha atrás.

Esperó a que amaneciera, con el único dólar que le quedaba tomó un camión hacia el parque industrial. A pesar de no haber dormido, con sus diez y ocho años no requería de ningún artificio para tener excelente presentación. Un cutis de melaza donde no había ni la más mínima imperfección, unos ojos enormes color castaño, una oscura melena leonada casi hasta los hombros y una figura delgada, atlética gracias a las horas que pasó nadando en el rio durante toda su niñez. Todo eso aunado a una inteligencia nata.

Durante la primer semana de trabajo en la línea de ensamblado de la maquiladora esperó el jueves con una ansia indescriptible. Era día de pago. Después de pagar una comisión por cambiar el cheque, pagar el alquiler del cuartucho compartido con otras personas, y pagar la comida en la cafetería de la fábrica sólo le quedaron unos cuantos pesos. Ese mismo día decidió no volver. Tenía las manos cortadas, la espalda echa cisco y por haber trabajado tan bien el supervisor le prometió horas extras para la próxima semana. Se puso sus únicos *jeans* encogidos y más descoloridos de tanta lavada, apenas cabía en ellos, toda su figura se delineaba bajo la tela, se le veían cortos pues tenía una estatura más alta que cualquier adolescente de su edad. Se encaminó hacia la calle de los antros de vicio pensando en lo que decía el anuncio de reclutamiento, que ahí pagaban bien.

Una vez leyó que era cosa como de unos cinco minutos para que cualquier adolescente recién llegado a la frontera cayera en giro de la droga y la prostitución. Recordó algo que había leído en la escuela secundaria en la clase de inglés avanzado, de un tal Ovid Demaris sobre la frontera, era algo así *"…very really terrific girl… big up here… a real virgin… we got everything here, … two lesbians,… hot show… men and girl… two men and girl…Haw about girl and burro…fuck and suck…"* Al recordar estos fragmentos sintió un terrible escalofrío recorrer su cuerpo pero no desistió. Esa misma noche fue su debut después de unas cuantas instrucciones. El lugar, que pregonaba ser de los mejores, estaba abarrotado con todo tipo de clientela. Le dieron para el baile un traje de diablo estilizado, con tridente y todo, y casi a mitad del acto se lo quitó y quedo en una prenda minúscula. Para el segundo acto uso un traje azteca con un gran penacho de plumas verdes, azules y rojas. Fue el acabose. Éxito total, el antro casi se vino abajo. El lugar estaba abarrotado, trescientas gargantas gritaban su nuevo nombre artístico y ese éxito continuó noche tras noche. Desde el primer día la rutina fue siempre la misma con ligeras variantes en los trajes, algunas veces de demonio, otros trajes gitanos, egipcios y aztecas, siendo estos últimos sus favoritos, con penachos de plumas, lanzas, arcos y flechas pues hacían más alusión a su nombre artístico.

Desde el principio dictó sus condiciones. Le decían que no "se pusiera los moños" y le contaban como algunos de los muchachos y muchachas que bailaban por quejarse de injusticias les habían maltratado salvajemente para hacerlos "entrar al aro" y otros hasta habían desaparecido, pero su intuición le decía que nadie maltrata o destruye la mercancía que le da a ganar más dinero.

Vivía una vida metódica. Su comida era saludable pero frugal, tenía poca ropa, no la necesitaba. Pasaba horas en un gimnasio cercano, no se le conocían aventuras amorosas aunque oportunidades le sobraban. Cada dos semanas iba a un Western Union de por ahí , y junto con el dinero mandaba un mensaje contando lo maravilloso que era vivir en la tierra de los ríos de leche y miel.

En esos cinco años su belleza física había aumentado. Conservaba su figura de adolescente pero embarnecida, los ojos tenían un brillo misterioso y la espesa y leonada melena la llevaba más larga. La gringada venía cada vez de más lejos para ver su actuación y a veces dentro de la clientela, por unos cuantos minutos y muchos, muchos dólares el milagro se les hacía. Sólo si Guadalupe estaba muy de acuerdo.

Fue la gringada que venía de Canadá la que le puso en contacto con unos empresarios neoyorkinos. Le prometían muchos dólares pero lo que más le entusiasmaba era los documentos para trabajar en la Unión Americana, pues con el Tratado de Libre Comercio no había fronteras para un artista y nadie le superaba en su arte. Esa noche sería la entrevista final. Esa noche tendría que tomar una decisión. Con dudas, con miedo se tiró en la cama de la pequeña habitación y miró hacía la noche por la ventana, pero esta vez no vio los anuncios de neón que cada noche veía. Vio un cielo lleno de estrellas, un campo abierto, un llano dónde al final corría como una cinta de plata, el rio de su niñez. Vio a su primer y único amor y recordó aquella tarde en que apenas contaban con escasos catorce años, que se arrojaron al rio, la melena oscura y la rubia se entrelazaron y ambos se hicieron liquido y se mezclaron con la corriente cristalina, dejándose llevar, él y ella, por un rio lleno de brillantes estrellas a un mundo hasta entonces desconocido y fascinante. Todo aquello estaba ahí, a un paso era cosa de saltar por la ventana, correr por aquel campo abierto, dejar plantados a los empresarios gringos y a toda la clientela que aquella noche llenaba el lugar. Era la noche que usaba los trajes precolombinos, sus favoritos, se vistió lentamente, lo último que colocó en su cabeza fue la imitación del penacho de Moctezuma. Volvió a mirar por la ventana, era cosa de un pequeño salto. Hasta donde estaba podía escuchar las voces de un público femenino gritando su nombre, clamando por su presencia. ¡Lupillo¡, ¡Lupillo¡ ¡el gran guerrero azteca¡, ¡el dios azteca!, ¡el rey de la noche!

Se miró al espejo y este le regresó la más hermosa y viril estampa de lo que él era, un guerrero que cada noche entablaba una lucha con su destino, y esa noche libraría la batalla final.

AZTLÁN Y LOS OTROS

Habían venido a la tierra de los grandes adelantos científicos en el campo de la medicina. A ellos no les pasaría lo que a las personas que enfermaban en su tierra. Se les hacía el diagnóstico y al cabo de uno o dos años morían. Descansa en paz decían todos. Y eso era la verdad.

Ella continuo viviendo postrada en una silla de ruedas, dependiendo de terceros para todo. En la tierra de los grandes milagros en el campo de la medicina, ella recibió toda clase de terapias, para moverse, para caminar, para hablar. Cuando murió, veinte años después, no había hecho ningún adelanto. Cuando ya ella tenía cinco años postrada en la silla de ruedas a él se le diagnosticó el mal.

Él se leyó toda clase de información respecto a la enfermedad, leyó de los grandes avances en medicamentos, exigió a los médicos que le recetaran todo lo que leía al respecto, pero el mal avanzó y avanzó. Se descorazonaba al ver a grandes celebridades, Mohamed Ali, Michael J. Fox, con el mismo mal, y a pesar de los grandes descubrimientos en medicamentos estaban bien amolados.

La rutina de ella jamás varió. La levantaban a las seis de la mañana entre dos personas a bañarla. Le servían el desayuno y después se postraba en un sillón enfrente de la televisión, a las doce de mediodía se le servía el almuerzo, más televisión por el resto de la tarde hasta las siete de la noche. Se le servía la cena y se le metía en la cama hasta el día siguiente Así fue día tras día por veinte años. Nunca salía a ninguna parte sólo a las visitas rutinarias del médico. Todo esto porque estaban en la tierra maravillosa de los grandes adelantos en medicina, en su tierra natal su vecino Pancho Bueno fue diagnosticado con lo mismo y al año murió, si, al año descansó en paz.

Él al principio caminó arrastrando los pies y por algún tiempo pudo comer por sí mismo controlando el temblor de las manos. Después, a pesar de abrumarse con tantos medicamentos todo se le vino abajo, más cuando ella murió.

Se quedó solo y se dedicó a guerrear con todo el mundo. Ya nadie pudo tolerarlo. Lo llevaron a aquel lugar en donde todo le molestaba. Los compañeros, el personal, todo el sistema. Ahí pensó que los otros le visitarían, pero no, los otros nunca vinieron. Sólo venía aquélla, ella venía casi a diario. Él nunca entendió porque todos se ponían felices en aquel lugar cuando llegaba aquélla. Cuando no venía todos se mortificaban, se preguntaban si ya no volvería, todos menos él. Él sabía que aquélla siempre estaría ahí. Aquel venía de vez en cuando y de cuando en vez. "Vino con la ex amante", le comentaba él a aquélla. Nunca expresó felicidad ni satisfacción con las visitas de aquél, tampoco lo contrario. El otro, el que él quería que viniera nunca volvió. Pasaron los días, las semanas y los meses y ese nunca volvió. Esperándolo se fue extinguiendo. Se hizo pequeño, pequeño, Cuando se fue parecía un muñeco diminuto.

La tarde anterior a su partida le vino a ver aquélla. Aquélla nunca supo porque se estuvo ahí más tiempo que de costumbre. Salieron al patio trasero y le volvió a describir lo que tantas veces le había descrito. La tapia era alta y él sentado no podía ver. Aquélla se subía en un banco para ver mejor y le repitió lo que tantas veces le había descrito, que en el lado derecho estaban las montañas, ahora se ven azules y grises, y para el lado izquierdo está una iglesia, es de color amarillo y tiene una cruz. Le dijo que el fin de semana vendrían los otros y tendrían un picnic ahí mismo, que sería muy divertido.

Antes de irse aquélla lo sentó en el silloncito de la entrada, color lavanda con estampado de flores amarillas, lo levantó como un pequeño muñeco, ya no tenía peso, le miró por largo rato y pensó que era además un muñeco bonito, la piel del rostro se le había blanqueado y mostraba una extraña luminosidad y tersura, le dio un beso en el hombro para que él no se percatara y se marchó con la promesa de volver al día siguiente.

No dio ninguna señal de que se iba, no se despidió de nadie, ya no expresó que estaba cansado de estar esperando a los otros. La empleada de la mañana le fue a buscar y ya no estaba. Se había marchado durante la noche.

MIÉRCOLES DE CENIZA

EVELIA CAMINABA en saltitos. Trataba de esquivar los charcos que se iban formando bajo la intermitente llovizna. Iba de negro. Enredada en un rebozo negro como la mayoría de las mujeres en la procesión. Era un Miércoles de Ceniza. Comenzaba la Cuaresma. Días de dolor y recogimiento. Su comadre la divisó en el centro de la plaza y le gritó. –Apúrate comadre y metete bajo el paraguas.— Gracias comadre— contesto Evelia, acomodándose bajo el paraguas. La procesión siguió calle arriba bajo la leve lluvia.

Norma siempre fue directamente a la casucha después de sus horas de trabajo, donde le esperaba Martita. Caminaba para ahorrar los cuatro pesos del camión. Pero aquella tarde era distinto. Era Miércoles de Ceniza. Se topó con la procesión e instintivamente se mezcló con la gente. Era una tarde lluviosa, gris, fría. La mayoría de las personas llevaban impermeables, chaquetas, paraguas. La procesión partía de la parroquia en el centro hasta el Santuario de la Virgen de Guadalupe en la calle San Martín. Nunca supe si la calle se llamaba así por el santo o por Sucre. Norma al ir caminando entre los peregrinos pensó que tal vez si ella tuviese fe como todos los que formaban parte del cortejo las cosas mejorarían, pero era tan difícil tener fe.

Vendedores de toda clase de golosinas se apostaban a lo largo de la calle principal por dónde la precesión avanzaba. Las dos mujeres de negro se acercaron al vendedor de duros. Era el trecho en donde la calle se hace más angosta. Aquello hizo que toda la gente en la procesión apretujara más, aun así Norma vio al criminal. El hombre, de negro también, se pegó a Evelia por detrás. La mujer se dobló y la comadre empezó a gritar --¡comadre, comadre!, ¿qué le pasa comadre?-- la mujer cayó lentamente al suelo y nadie acudió a los gritos de la comadre. Una gran mancha roja se formó en el asfalto. Los gritos de auxilio subieron de volumen pero aun así nadie acudió a socorrer a la mujer. La gente siguió con sus cánticos rumbo al templo.

Era un día de santidad, nadie debía detenerse. Debían llegar pronto, temprano, al servicio del Miércoles de Ceniza. Norma presenció todo. Vio al hombre que escapaba con el bolso de Evelia y a la comadre dando de gritos histérica. A ella, a Norma, se lo habían advertido. La frontera era un lugar muy peligroso. Alguien de entre los últimos feligreses en la procesión llamó con un celular a una ambulancia. Cuando la confusión había pasado Norma notó el pequeño monedero tirado en la acera. Lo recogió y lo depositó en su mochila. Lo hizo con naturalidad. Nadie ponía atención a nadie. Al llegar la procesión al templo ella se quedó afuera bajo la lluvia que en ese momento arreciaba, los pequeños charcos en la calle se hacían más grandes y su blusa se empapaba más del agua que caía cada vez más fuerte.

Recordó a Martita. Martita, tan enfermiza, tan débil, tan frágil. Era la primera vez en casi cinco meses que ella llegaría tarde desde que habían arribado a la frontera. Todos le previnieron. La frontera era un lugar peligroso. Muy alto grado de robos, secuestros, y asesinatos, y cada día era peor. Ella siempre supo que no sería fácil.

Para ella sola sí. Con Martita no. Pero ella jamás le abandonaría. Ella era el motivo principal por el que había viajado acá, el tener que emigrar a los Estados Unidos era precisamente por Martita. Ellas no eran como el resto de los miserables que viajaban al vecino país de norte en busca de una vida mejor, hacia la meca de los hambrientos como dijera Miguel Méndez. Ella había abandonado su flamante y lucrativa cantina por salvar a Martita. Martita merecía una vida mejor, lejos de aquel borracho miserable que le había convertido la vida en un infierno.

Recordó la noche de su llegada a finales de año. Era una noche oscura, helada, con destellos misteriosos como un diamante negro. Aquella oscuridad se le antojó como un mal presagió. Se instalaron en un hotel de mediana categoría y el dinero se fue más pronto de lo previsto. Fueron de hotel en hotel de más a menos hasta parar en aquella horrible vecindad en un cuartucho miserable en el que una mampara dividía la cocina del dormitorio. Martita enferma y sin documentos, ella trabajando para subsistir en un trabajo que le absorbía la mayor parte del tiempo, tratando de economizar lo más posible para poder juntar los cuatro mil dólares que cobraban los polleros por los documentos falsos para Martita y el transporte a California, a donde querían llegar y donde unas amistades le darían trabajo.

Paró sus pensamientos cuando empezó a sentir frío, ella que nunca sentía las inclemencias del tiempo. Se dio cuenta de que estaba empapada. Su blusa, su falda, su pelo, todo en ella chorreaba agua. Un taxi se paró a pocos centímetros, ella no gastaba ni en un pesero para economizar lo más posible, un taxi sería el mayor de los desperdicios. No claro que no. Le diría que no al taxista y seguiría su camino a pie. Había sido una tontería, una estupidez haberse desviado en la procesión. Llegaría a casa y Martita estaría preocupada y hambrienta. Sus pensamientos se atropellaban por la rapidez cuando escuchó la voz desde el interior del taxi, al tiempo que se abría la puerta. —Suba señorita Norma— subió casi automáticamente, no supo si por el frío, por la tardanza o por inercia. El caso es que subió En el interior del auto un hombrecillo le sonreía. Pensó que aquel rostro le era familiar. Tal vez un cliente del bar donde laboraba. Pero no. No era la clase de hombre que frecuentara ese tipo de cantinas. El hombrecillo tenía modales refinados y una voz agradable y refinada. Le dijo llamarse Mauro, y que había llegado a América desde Italia dos años atrás, que había trabajado como ilegal en Estados Unidos por año y medio, y al ser descubierto había sido deportado a México. Nunca entendió porque siendo italiano había sido deportado a México, pero México le pareció un país fascinante, latino, lleno de alegría y calor, muy semejante a Italia en su cultura y su gente. Le dijo que tenía ya casi seis meses en la ciudad y que era su vecino. —Usted y su hija viven en el seis y yo vivo en el ocho— le dijo Mauro casi en el oído, pues en ese momento el taxi giró con rapidez y sus cuerpos chocaron en el pequeño asiento trasero. Aun así ella le escuchaba desde muy lejos. Los acontecimientos le habían adormecido. Sentía náuseas y un ligero mareo. Le gustaría llegar y tumbarse en el camastro, pero no, eso sería algo que jamás haría. Martita le necesitaba. La joven permanecía sentada en el camastro que le servía de lecho todo desparpajado. Veía una telenovela en un viejo televisor que compraron en una segunda recién llegadas a la ciudad. Norma por cortesía invitó a Mauro a pasar pensando que él no aceptaría, pero este aceptó la invitación sin vacilar. Martita sin voltear a verla le recriminó la tardanza. --vienes tarde-- le dijo a Norma como una sentencia. Cuando volteó y vio a Mauro su mirada se endureció. El notó que la muchacha era pequeñísima, extremadamente delgada.

Parecía un elfo, tenía una figura andrógina, bien podía pasar por un muchacho. Mauro no pudo calcular su edad. Era demasiado blanca, casi transparente. Las facciones le recordaron a las de un simio, era una criatura sumamente extraña. El cabello y los ojos negros, estos últimos de mirada hostil, especialmente ahora que le miraban a él.

Muy poco tiempo le tomó a Norma darse cuenta que era muy bueno contar con un vecino tan servicial como Mauro, desde ese día ambos cultivaron una amistad muy especial. Ella empezó a confiar en él. Cuando él le preguntó cómo podía cruzar sin problemas a trabajar en un bar en el lado americano, ella le contó una historia que a él le pareció por demás increíble. Le dijo que cuando ella tenía tan sólo quince años, siendo una jovencita muy linda, en su natal Guadalajara conoció a un gringo que se había enamorado a primera vista de la linda muchacha. --¿pensaras que exagero, verdad?-- le pregunto ella a Mauro. Pero no, Mauro no pensó que ella exageraba puesto que él también se había enamorado de ella a primera vista. El nunca olvidaría la tarde en que la vio por primera vez. Fue la tarde que llegaron al vecindario. La mujer alta, de figura atlética, de cabello muy corto color avellana, haciendo juego con unos ojos inmensos que a momentos parecían echar chispas doradas. El perfil aguileño le daba un aspecto aristocrático y aquel aire de arrogancia gritándole al mundo que no le debía nada. Una mujer liquida, fuerte, autosuficiente. Desde esa tarde Mauro no la pudo sacar de su mente. Esperó y buscó la oportunidad de hablarle, de acercarse, y la encontró en aquella lluviosa tarde de Miércoles de Ceniza. Ella prosiguió su relato. Se había casado con el gringo y se había marchado a vivir a Laredo, Texas. El marido resulto ser un alcohólico que pasaba la mayor parte del tiempo desempleado, y al cabo de tres años cuando ella arregló sus documentos le abandonó regresando a su natal Jalisco. --¿Y Martita fue producto del matrimonio?-- Se atrevió a preguntar Mauro tímidamente. –No, claro que no—le contestó Norma con sequedad. –Martita nació después, mucho después.

Los negros ojos de la elfina se tornaban siniestros cada vez que sabía que Norma venía de donde Mauro. –¡Estabas con él, con él, con él¡-- gritaba enfurecida. Norma trataba de calmarla explicándole que ese hombre les ayudaría a poner junto el dinero para sus documentos. Martita exigía saber a cambio de que el hombre iba a proveer cerca de dos mil dólares que era lo que faltaba para pagar el pollero que las llevaría a la libertad. Norma sólo se limitaba a decirle que Mauro era un buen hombre y que tuviera paciencia.

Mauro pensó en correr tras ella para entregarle el papel que había caído de su bolso cuando trató de sacar la llave al despedirse de él en la esquina, pero rectificó. Se lo regresaría mañana. Aquello le daría una buena oportunidad para verla, para escucharla, para observar todos y cada uno de sus gestos, para beber toda aquella fragancia que emanaba de su persona. Cada día le amaba más con un amor obsesionado, casi desquiciado. Si un solo día no la veía se mantenía inquieto, alerta, tratando de encontrársela, de verla pasar buscando pretextos para hablarle. Al entregarle el papel al día siguiente sería un pretexto magnífico para estar un rato con ella. Pensaba a qué hora sería mejor el encuentro, si en la mañana o en la tarde. En eso estaba cuando se le ocurrió examinar el documento. Era un acta de nacimiento, el acta de nacimiento de Martita. Ahí no aparecía el nombre de su adorada Norma. Los padres de la muchacha eran otras personas. Con otros nombres, con otros apellidos. Norma mentía. Martita no era su hija. El siempre sospecho algo, no sabía qué, pero algo. Al día siguiente la confrontó y ella le explicó sin mucho preámbulo, que efectivamente Martita no era su hija, Martita era su hermana, su hermanita adorada, quien se había casado siendo una niña de catorce años con un desgraciado que la maltrataba física y emocionalmente. Por más de tres años duró aquel calvario para la muchacha hasta que ella había dicho no más.

Después de haber rescatado a la chiquilla del maldito este juró vengarse, Martita le tenía pavor, un miedo irracional. Ella le rogó a Noma que la llevara lejos, muy lejos, donde aquel maldito jamás la encontrase. Norma tenía una cantina de barriada bastante concurrida, la cual traspasó a un pariente por unos cuantos pesos y prácticamente huyeron rumbo al norte. En el relato a Mauro le dijo que ella pensaba que si hacía pasar a Martita por su hija podría arreglarle documentos auténticos, pero desgraciadamente no había sido posible, pues ella no era una ciudadana norteamericana sólo una persona con "tarjeta verde", una residente. Triste y desgraciadamente habían tenido que recurrir al lado oscuro del cruce de indocumentados, a los llamados polleros o coyotes. Cuando ella terminó su relato Mauro una vez más le confesó su amor, le dijo cuanto le admiraba y una vez más le reiteró que le ayudaría a reunir el dinero para el cruce. Norma como siempre que él le hablaba así solo le miró fijo en los ojos y sonrió de una manera que a él le pareció enigmática, pero al mismo tiempo pensaba que era la manera de aceptar su amor y galanteos. Al día siguiente Mauro le entregó mil dólares, dinero que había ahorrado trabajando en un lavacoches muchas horas extras. Ella aceptó el dinero en calidad de préstamo.

Habían pasado ya tres meses desde el primer encuentro entre ellos. En esos tres meses Mauro se había transportado a un séptimo cielo. Pequeñas escapadas al cine, cenitas en taquerías o restaurantitos de segunda, compras de sus respectivos alimentos en el súper del barrio. Su amistad e intimidad espiritual crecía, pero nunca cruzaron ni el más mínimo contacto físico. Norma siempre con la mirada ausente, con el pensamiento muy lejos de ahí. Él lo atribuía al problema de la hermanita, y su recato y pudor le acicateaban, pues en aquello él veía que ella era una mujer de las que ya no existían, una mujer realmente decente. En una de esas meditaciones estaba cuando le vino la gran idea: le propondría matrimonio

Venía del rumbo de la línea, la que divide los dos países, esa que siempre fue de alambre de gallinero, la que los indocumentados fácilmente cortaban haciéndole hoyos a todo lo largo de la frontera, esa que durante la época de los noventa cuando el presidente Clinton, empezó a convertirse en un altísimo muro de hormigón con pequeñas ventanas a todo lo largo de la franja fronteriza. Venía del lavacoches donde laboraba, donde desde que conoció a Norma trabajaba jornadas dobles tres o cuatro veces a la semana. Caminaba a la altura del monumento a Juárez, un par de cuadras antes de llegar a la barriada. Era de esas tardes de verano en las que nunca oscurece y los comercios permanecen abiertos hasta muy tarde. Decidió regresarse al centro de la ciudad y buscar una joyería.

Esa misma tarde Martita, con su piel blanca, transparente, sus facciones de simio y los ojos oscuros ahora furibundos por la ira y el odio, le hacía toda clase de recriminaciones a Norma, todas en contra del italiano. – ¡Le odio, le odio!,-- exclamaba la andrógina criatura casi echando espuma por la boca. –Martita, por Dios, ya sólo nos faltan mil dólares-- le respondía Norma, casi en un susurro. Fue como una inspiración divina en medio de la desesperación y el caos en que las quejas de Martita la sumergían, la verdad es que Norma nunca supo porque recordó el monedero que recogió del suelo la tarde de la procesión del Miércoles de Ceniza. Lo había olvidado en el cajón de la destartalada cómoda, único mueble aparte del camastro en el dormitorio. Lo tomó, lo palpó, estaba hinchadito, relleno, Norma pensó que tal vez de pañuelitos *kleenex*. Lo abrió con mano temblorosa y fue sacando uno a uno los diez billetes de cien dólares cada uno, comprimidos y arrugados por todo el tiempo guardados en el pequeño monedero. Norma pensó que por aquel dinero habían robado el bolso de Evelia. El asaltante y asesino le conocía, sabía que la mujer llevaba aquellos mil dólares encima, si, sin lugar a dudas la frontera era muy peligrosa, pero nadie le dijo que en la frontera también ocurrían milagros, porque eso era lo que ella estaba viviendo, un milagro.

Inmediatamente le comunicó a Martita que se marcharían en la madrugada del día siguiente, no iría esa tarde al bar en donde trabajaba. Se comunicaría con los polleros inmediatamente. Salió disparada hacia el estanquillo de la esquina buscando el teléfono público. Al regresar tomó a la enfermiza muchacha en sus brazos y la baño como si fuese un bebé.

Después de media hora en la joyería Mauro por fin se decidió por un modesto anillito con dos microscópicas chispas de diamante a los lados de una zirconia del tamaño de una lenteja. Correría a donde Norma y le invitaría a salir, le llevaría a un restaurante elegante. Le habían pagado su sueldo esa tarde, más las propinas y si fuese necesario pellizcaría de los pocos ahorros que le quedaban. Todo lo demás podía esperar. Norma no. Ella debía de entrar en su vida desde ahora y para siempre. Arreció el paso, llevaba el alma en un hilo. Encontró la puerta de la vivienda número seis entreabierta. No supo qué hacer, se atrevió a dar unos pasos hacia el interior, la luz de la luna que se filtraba por las mugrosas ventanas cubría todo con una patina luminosa, todo se veía diferente, no se veía más lo viejo ni lo sucio, todos los destartalados cachivaches estaban cubiertos de un terciopelo por la media luz, y del dormitorio venían susurros de voces apagadas, de suspiros, de besos, de llantos entrecortados. Avanzó hasta el punto desde donde pudo ver el camastro que en la penumbra estaba convertido en un lecho de amor, erotismo y lujuria... descubrió lo que hacía mucho sospechaba pero se negaba a aceptar. Quedó clavado en el piso, y permaneció largo rato hipnotizado observando la escena. Viendo con sus propios ojos lo que desde hacía tiempo sabía pero que siempre, siempre se negó a aceptar.

MUFFETA MEX/USA

DESDE EL día en que Muffeta nació, mejor dicho no nació, en el hogar de los Cardoso el universo de Cheche giró alrededor de ella. Hubo quienes dijeron que era la hija de una sirvienta que había laborado en casa de lo Cardoso por muchos años, otros que era el producto de una aventura de Rafa Cardoso, otra versión fue que la niña había sido abandonada en la puerta de la casa. Lo que hubiese sido era lo de menos importancia. El matrimonio Cardoso tenía lo único que le faltaba: su bello retoño.

Cheche de Cardoso era originaria de la tierra de los grandes capos de la mafia: el estado de Sinaloa, y había venido a la frontera muy joven a trabajar en la comisión de agua potable. Mujer poco agraciada encontró en el empleado aduanal Rafael Cardoso su salvación. Rafa Cardoso, hombre más bien insensible a la belleza femenina encontró en Cheche la compañera ideal, nada bonita, sumisa al esposo, y muy hacendosa. Lo triste es que no hubo producción de dicha unión. Se rumoraba que la estéril era ella, pero otros aseguraban que el estéril era él, puesto que había tenido múltiples aventuras con diferentes mujeres de la localidad sin ningún resultado. Muffeta vino a resolver el problema.

Se le dio a la niña una educación esmerada incluyendo clases de inglés, pues estaban en la frontera y eso era mandatorio. Clases de danza para incrementar su gracia natural y escuela de monjas para las bases de una moral firme y bien cimentada, y de cariño le llamaron Muffi. Lo cierto fue que Muffeta creció y con tanto chipileo se convirtió en un verdadero mostrete. Aun así era el orgullo de los Cardoso, era lindísima, tenía un cutis de japonesa, decía Cheche, unos ojos oscuros grandes brillantes y una inteligencia nata. Sobresalía en todo lo que emprendía y eso la llenaba de soberbia haciéndola cada día más insoportable.

Al igual que su madre veinte años atrás había venido a la frontera en busca de oportunidades Muffeta vio que para todo tenía doble oportunidad. El lado mexicano y el lado americano. A los veinte años tenía un diploma de secretaria bilingüe, había aprendido inglés a la perfección, y a los veintidós un grado en administración. Estas fueron sus armas para conquistar ambos lados de la frontera en el ambiente laboral. La industria maquiladora estaba en su apogeo y hacia allá dirigió Muffi sus pasos. En corto tiempo consiguió trabajo como secretaria del gerente general de una de las más grandes maquiladoras del Parque Industrial, ahí era una especie de celebridad, todo el mundo la conocía por su aparición en diferentes festivales de baile desde que era muy pequeña y por ser una chica de la alta sociedad local. El trabajo de ella era rutinario y sin ninguna complicación, contestar el teléfono, separar la correspondencia del gringo y servir café para el jefe y sus visitas, cosa que a Muffeta le encantaba. La catástrofe llegó cuando el gerente quiso cambiarle el horario del almuerzo. Muffi pegó el grito en el cielo. El gringo quería que ella en vez de salir a tomar su almuerzo a las doce del día como era la costumbre, saliera a la una de la tarde. Muffi lo confrontó y le dijo rotundamente que no lo haría, que a ella su mamá la esperaba a las doce en punto con la sopita caliente y que esa era la rutina en

su casa por mucho tiempo y no la iban a cambiar por él.
Mister Munishson enfurecido llamó al departamento
de personal y pidió que le cambiaran a esa empleada
inmediatamente. Muffi fue transferida al departamento
de personal donde según ella se vio rodeada de seres
nacos muy inferiores a ella lo cual le hacía sentir muy
incómoda. Se creía con derecho a criticar a medio
mundo, hablaba y movía la boca con tan gran rapidez
que le empezaron a apodar la mojarra. Todo esto
provocó desagradables encuentros con sus compañeros,
los cuales ella veía como subalternos causando más y
más fricciones dando como resultado su despido total.
Ni tarda ni perezosa Muffi se fue a otra maquiladora, y
a otra, y a otra. Cuando ya casi las recorría todas vio
otro campo abierto, "el otro lado" y hacia allá corrió
Muffi.

El no tener papeles para trabajar en Estados Unidos no
fue problema para ella, estaba entrando la ley Rodino[2]
que favorecía a trabajadores indocumentados del campo,
pero esto no fue impedimento para Muffeta, y ella
que jamás en su vida había visto un campo agrícola
en Estados Unidos, en menos que cantó un gallo se
consiguió cartas y todos los documentos, y en un abrir
y cerrar de ojos ya estaba lista para trabajar en el lado
americano.

La historia de trabajos en el lado americano no fue
muy diferente a la del lado mexicano. Muffeta quería
imponer su santa voluntad y pasar por encima de sus
patrones, que si su escritorio no estaba lo bastante
grande y moderno, que si la secretaria de al lado no
vestía tan elegante como ella, que si los otros empleados

---

2 *Impact of the 1986 Immigration Law on Emigration Rural
Mexican Sending Communities.* Wayne A. Cornelius. Popula-
tion and Dev. Review, Vol. 15, No. 4 (Dec. 1989), pp. 689-705

no hablaban inglés a la perfección y otras necedades por el estilo. Como en México aquí siguió jugando sillas musicales con los empleos. Cuando se le terminaban las opciones viajaba a la siguiente población fronteriza o muy cerca de la frontera y ahí trabajaba por algún tiempo, muy corto tiempo, en alguna empresa y luego en otra, y en otra, y regresaba a su lugar de origen para seguir con el juego.

Al cumplir Muffi veinte y tres años decidió que era tiempo de casarse, si, casarse. También ahí tenía un doble campo de acción. Eligió a un joven abogado de la localidad de muy encumbrada familia, de acuerdo a su propia categoría, según Muffi y Cheche, la madre. El primer problema fue que Seferino Montijo ya tenía novia, su secretaria. Muffi pego el grito en el cielo, y le ordenó dejar a esa naca inmediatamente. Algo que ayudaba muchísimo a Muffeta era que todo el mundo pensaba que era una muchacha rica, la heredera de una gran fortuna. Nada más alejado de la verdad. Seferino Montijo se dejó llevar por la ambición y dejó a su noviecita, la humilde secretaria y empezó a preparar su boda con Muffeta. Eran totalmente incompatibles, pasaban la mayor parte del tiempo en discusiones sobre la recepción, el pastel, el viaje de luna de miel, y miles de pequeños detalles que a otra pareja le hubiesen parecido meras bobadas. Seferino no podía afrontar los gastos extremosos del gusto de Muffeta, entre los dos echaron mano de todas sus tarjetas de crédito para más o menos cubrir las exigencias de ella. Se llegó el gran día, muy poca gente asistió, pues Muffi, dado su carácter tan díscolo estaba en conflicto con la mitad de la población. El grande y elegante salón estaba prácticamente vacío. Lo peor fue que a la semana de haber partido en su viaje de novios estaban de regreso y cada uno se marchó a casa de sus respectivos padres. Jamás se supo que pasó en el viaje y jamás hubo reconciliación, Muffeta vendió algunos de los muebles del nido de amor que los padres de ella les habían preparado y la recámara la rifó informándole al mundo que no estaba usada. Al tiempo anuló el matrimonio y buscó a su siguiente víctima. Esta vez en el lado americano, la vecina población de Phoenix.

Mario Santino era un ítalo-americano que se enamoró locamente de Muffi y no tardó en proponerle matrimonio. Decía el Titi Gracial, un joven "gay" de la localidad, que el italiano hacía honor a su apellido y debía ser un santo para poder lidiar con Muffeta, y a los tres meses de conocerla se casaron en una ceremonia muy íntima sin bombo y platillo. El matrimonio duró tres años esta vez. Muffi regresó un día inesperadamente a casa de sus padres toda descalabrada y a pie. Tampoco esta vez se supo en detalle porque fue la ruptura. Después de un bastante revoltoso divorcio Muffi quedó otra vez soltera. Esta vez por algunos años.

Siguió brincando del lado mexicano al lado americano con lo de los empleos. Cuando cumplió cuarenta años prohibió a todo el mundo llamarle Muffi. Sólo respondería a su elegante nombre: Muffeta. En eso estaba cuando en una maquiladora conoció al joven Ezequiel Quintero. Un humilde técnico diez años menor que ella, proveniente de la vecina e histórica Magdalena de Kino. Ezequiel vio en Muffeta la oportunidad de emigrar legalmente al lado americano, pues ella ya había obtenido su nacionalidad americana, y él joven no titubeó en casarse con ella y ahí fue donde comenzaron sus problemas. La primera en aconsejar a Muffeta de no emigrar al joven esposo pues al hacer esto se le escaparía, fue Cheche, la madre, una mujer que según las malas lenguas era egoísta y manipuladora, y que siempre se sintió orgullosa de haber creado a Muffeta a su imagen y semejanza.

Recién casados Muffeta y Ezequiel, el padre de ella murió dejándole a la muchacha y a la madre puras deudas. En la población se rumoraba que Muffeta había heredado una gran fortuna, pero el que mejor sabía la verdad era Ezequiel pues de pronto se vio envuelto en todos los conflictos económicos de Muffeta y lo peor era que estaba atrapado y sin salida en manos de aquel par de conflictivas mujeres, pues muy pronto se dio cuenta de la clase de personas que eran su flamante esposa y Cheche su suegra. Los ansiados documentos para emigrar legalmente a Estados Unidos se posponían y posponían una y otra vez bajo el pretexto de que no había dinero, y esto era un arma de doble filo pues el precio de los procesos seguía subiendo y subiendo. Ezequiel se dio cuenta que su esposa sabía el motivo por el cual se había casado con ella y ella sabía que él sabía, un juego que continúan jugando hasta la fecha. La vida de Muffeta no ha terminado. Ella sigue ahí en la frontera, el lugar perfecto de dobles oportunidades para toda mujer de acción como ella.